아빠, 당신의 이야기를 듣고 싶어요

Dad, Tell Me Your Life Story

우디크리에이티브스

글 쓰고 그림 그리고 디자인 하는 친구들의 모임입니다. 만든 책으로는 『청소년을 위한 친절한 한국사』,
『무럭무럭 자라는 우주 이야기』, 『10살에 떠나는 미래 직업 대탐험』, 『초등학생을 위한 친절한 한국사』,
『박영규 선생님의 우리 역사 깊이 읽기』, 『초등학생이 꼭 만나야 할 민주 사회 이야기』, 『초등학생이 가장
궁금해 하는 신기한 요리과학 이야기』가 있습니다. 또 국립과천과학관에서 어린이를 위한 과학교실을 열
었고, 경기도 평생학습 포털 사이트 GSEEK에 요리와 과학이란 주제로 강좌를 개설하는 등 사람들이 궁금
해하는 다양한 주제로 콘텐츠를 만들고 있습니다.

아빠, 당신의 이야기를 듣고 싶어요

초판 1쇄 발행   2025년 6월 30일

지은이   우디크리에이티브스
펴낸이   한승수
펴낸곳   온스토리

편　집   구본영 이상실
마케팅   박건원 김홍주
디자인   박소윤

등록번호   제395-2009-000086호
주　소   서울특별시 마포구 동교로 27길 53 지남빌딩 309호
전　화   02 338 0084
팩　스   02 338 0087
E-mail   hvline@naver.com

I S B N   978-89-98934-64-4 03800

9 788998 934644
ISBN 978-89-98934-64-4

03800

16,800원

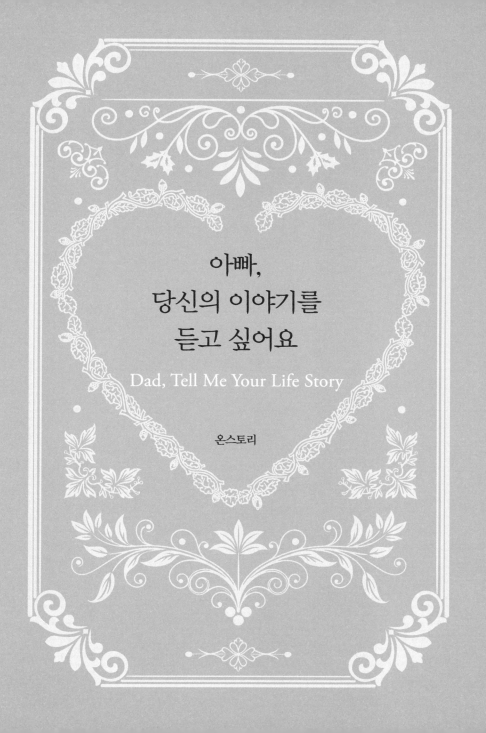

아빠,
당신의 이야기를
듣고 싶어요

Dad, Tell Me Your Life Story

온스토리

목차

태어날 때부터 어른이었던 사람 이야기

태어날 때부터 어른인 사람이 있습니다. 아버지입니다.

태어나서 처음 본 아버지의 모습은 우리 뇌에 어른으로 각인됩니다. 원래 어른이었던 사람. 당연히 바깥에서 돈을 벌어 가족을 부양하는 사람. 아버지의 어른 이전 삶은 상상하기 힘듭니다.

아버지도 방실방실 웃던 아기 때가 있었을 테고, 개구쟁이 소년 시절이 있었을 테고, 버스 안에서 짝사랑 여학생을 보며 얼굴 붉히던 10대 시절도 있었을 터입니다. 꿈과 도전정신으로 밀고 나가던 청년 아버지, 냉혹한 현실 앞에서 좌절하면서도 말없이 버텨낸 가장 아버지. 그랬겠거니 추측할 수는 있습니다. 그러나 아버지를 스쳐간 수많은 시간들은 구체적으로 모릅니다. 아버지에 대해 아는 게 없으니 할 말이 별로 없습니다. 오래 마주 앉아 있으면 어색합니다.

서로 노력한 적이 없진 않을 겁니다. 그러나 아빠의 긴 이야기를 들어줄 시간, 그리고 무엇보다 참을성을 가진 아들과 딸은 많지 않습니다. 마찬가지로 자신의 삶을 세세히 일목요연하게 이야기할 수 있는 아버지도 흔치 않습니다. 아들 딸의 아들 딸에 대한 근황, 반려동물 이야기, 날씨, 친인척 경조사, 그리고…. 아는 것이 없는 만큼 궁금한 것도 없습니다. 대화가 끊어집니다.

시간은 우리의 발걸음을 재촉하며 이별을 향해 나아갑니다. 아버지의 지나온 시간의 흔적이 먼지처럼 사라진다면 아버지를 이해할 단서는 어디에서도 찾을 수 없고 아버지는 모르는 사람이 되어 버립니다. 서로의 마음을 열 수 있도록 도울 다리가 시급합니다.

이 책은 유아기부터 노년기까지 아버지의 전 생애를 시간 순으로 따라가며 질문합니다. 질문은 단순한 사실을 묻는 것이 아니라 잊고 있던 기억을 꺼내는 열쇠가 됩니다. 대답을 적으며 아버지는 자신의 인생을 찬찬히 되돌아보게 됩니다. 그 과정에서 스스로도 잊고 있던 기억을 떠올리며 끊어졌던 씨줄과 날줄이 이어지고 아버지 인생의 파노라마가 완성됩니다. 그리고 이 파노라마는 그동안 모르고 있던 아버지의 진면목을 보여줍니다.

시간도, 참을성도, 조리 있는 말솜씨도, 더 이상 필요치 않습니다. 생생히 살아 있는 아버지의 이야기를 시간 날 때 한두 개씩 꺼내 보면 됩니다. 평소엔 눈여겨보지 않았던 아버지만의 글씨체가 새롭게 눈에 들어옵니다. 절로 미소가 지어지는 내용도 있을 겁니다. 점점 벌어져만 가던 틈이 조금씩 좁혀집니다. 친한 친구와 톡을 할 때처럼 이야깃거리도 떠오릅니다.

이것은 부모와 자식, 가장 가까우면서도 어쩌면 가장 멀리 있던 서로가 서로를 알아가는 여정입니다. 그 여정의 끝에서 후회 없이, 애틋하게 서로를 바라볼 수 있기를 바랍니다. 이 책은 아버지가 아들딸에게 전하는 아버지의 자서전이자, 가족의 사랑을 다시 새기는 소중한 기록이 될 것입니다.

정답도, 모범 답안도 없습니다.
기억나는 대로, 생각나는 대로 적어 주세요.

① 생애 주기에 따라 질문을 구성했습니다. 1장부터 9장까지 질문에 대한 답을 적어 보세요. 어느새 아름다운 자서전이 완성됩니다.

② 300여 개의 질문에 답하는 것이 조금 어렵게 느껴진다면, 10장부터 펼쳐 보세요. 엄선한 87개의 질문이 인생 이야기를 풀어내는 데 도움을 줍니다.

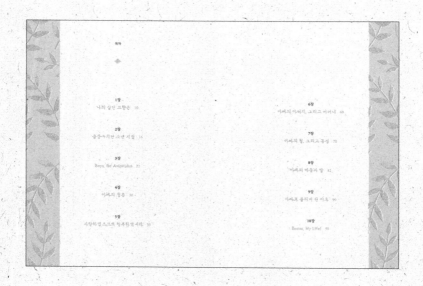

③ 한국의 시대적인 분위기를 반영한 질문을 수록했습니다. 우리나라 정서가 깃든 질문으로 더욱 생생한 기록을 남길 수 있습니다.

④ 오랫동안 소장할 수 있도록 견고한 양장본으로 제작했습니다. 아름다운 인생 이야기를 즐겁게 기록하고 소중하게 보관하세요.

⑤ 곳곳에 인생 명언을 수록했습니다. 모든 질문에 대한 답을 적고, 나만의 인생 명언도 만들어 보세요.

2장

꿈틀구치던 소년 시절

아빠는 어떤 소년이었어요?

국민학교 입학식은 누구랑 갔나요? 국민학교에 처음 간 기분은 어땠어요?

친구들과 함께 하던 놀이(구슬치기, 딱지치기, 병어치기, 연날리기, 팽매바기, 자치기, 말뚝박기, 술래잡기, 다방구, 땅따먹기 등) 중 자주 하면 것은 무엇이고 어떤 걸 잘했어요?

어릴 적 학교 가는 길의 풍경을 이야기해 주세요.

국민학교 때 어떤 과목을 제일 좋아했어요?

그 시절 선생님은 어떤 분이었어요? 다정했어요, 엄했어요?

1장

나의 살던 고향은

아빠의 고향은 어디인가요?

_____

_____

아빠가 태어난 날은 몇 년, 몇 월, 며칠인가요? 시간은요?

_____

_____

아빠가 태어난 곳은 어디인가요? 집, 외갓집, 또는 다른 어떤 장소?

_____

_____

아빠가 태어났을 때 부모님은 몇 살이셨나요?

아빠의 이름은 누가 지어 주었나요? 한자로는 어떻게 쓰나요? 그 뜻은 무엇인지요?

태몽은 무엇이었나요?

아빠가 태어난 날에 대한 이야기를 들려주세요. 출산일 당시 집안의 상황이나 분위기, 산실의 풍경은 어땠나요?

아빠가 아기 때 말한 첫 마디는 무엇이었대요?

_____

_____

걸음마를 뗀 것은 언제였나요?

_____

_____

아기인 아빠를 도맡아 돌본 사람은 누구였어요?

_____

_____

_____

아빠에게 들려준 자장가는 어떤 노래인지 아세요?

_____

_____

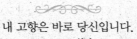

내 고향은 바로 당신입니다.
— E. L. 쉴러

아빠가 어릴 때 살던 동네는 어땠어요? 골목이나 거리의 풍경, 산이나 나무 등 생각나는 모든 것을 적어 주세요.

_____

_____

_____

_____

아빠가 어릴 때 살던 동네의 사람들은 어땠어요? 기억에 남는 사람이 있나요?

_____

_____

아빠가 어릴 때 살던 집의 모습이나, 방의 구조, 또는 특징 같은 거 얘기해 주세요. 이를테면 다락, 마당, 우물, 문짝이나 부엌, 아궁이 등등 기억나는 모든 것.

_____

_____

_____

그 시절 집에서 제일 좋아했던 공간은 어디였고, 왜 좋았죠?

_____

_____

어머니, 아버지는 어떤 분이셨어요? 기억에 남는 모습이나 말씀이 있나
요?

_____

_____

형제자매는 몇 명이었고, 누구와 제일 가까웠죠?

_____

_____

형제끼리 다투기도 했어요? 주로 누구랑 무엇 때문에 다퉜어요?

_____

_____

형제자매 가운데 아빠에게 가장 큰 영향을 준 사람은 누구였어요?

_____

_____

아빠는 형제자매에게 어떤 존재였나요?

_____

_____

가족끼리 특별히 하던 놀이나 일상이 있었나요?

_____

_____

어린 시절을 떠올렸을 때 가장 행복했던 기억은 무엇인가요?

_____

_____

인생이란 고향집으로 향하는 여행이다.
— 헬만 멜빌레

2장

물장구치던 소년 시절

아빠는 어떤 소년이었어요?

_____

_____

_____

_____

국민학교 입학식은 누구랑 갔나요? 국민학교에 처음 간 기분은 어땠어요?

_____

_____

_____

_____

친구들과 함께 하던 놀이(구슬치기, 딱지치기, 팽이치기, 연날리기, 썰매타기, 자치기, 말뚝박기, 술래잡기, 다방구, 땅따먹기 등) 중 자주 하던 것은 무엇이고 어떤 걸 잘했어요?

_____

_____

어릴 적 학교 가는 길의 풍경을 이야기해 주세요.

_____

_____

국민학교 때 어떤 과목을 제일 좋아했어요?

_____

_____

그 시절 선생님은 어떤 분이었어요? 다정했어요, 엄했어요?

_____

_____

짝은 누구였어요? 남자였어요, 여자였어요? 짝 이름이 기억나나요?

_____

도시락으로는 어떤 밥(잡곡밥, 흰쌀밥, 다른 무엇)과 반찬을 싸갔어요?

_____

_____

당시 또래들이 주로 싸오던 도시락 반찬은 무엇이었죠? 가장 인기 있는 반찬은 뭐였어요?

_____

_____

그 시절 학교에서 즐겨 하던 운동 경기는 무엇이었어요?

_____

_____

학교에서 벌 받거나 혼난 적 있나요? 이유는 뭐였죠?

_____

_____

어린 시절, '공부'에 대해 어떤 생각을 했어요?

_____

_____

교과서 말고 읽고 싶은 책은 어디서 구했어요?

_____

_____

지금도 기억에 남는 책이 있다면?

_____

_____

어린 시절 명절 땐 어떤 분위기였고, 무슨 음식을 먹었어요?

_____

_____

평소 집 밥상에는 어떤 음식이 자주 올라왔나요?

_____

_____

반찬 가운데 가장 좋아했던 것과 가장 싫어했던 것은 무엇이었나요?

_____

_____

정말 먹고 싶었지만 쉽게 먹을 수 없었던 음식은 무엇이었나요?

_____

_____

동네에서 특별히 기억나는 인물이나 가게가 있어요? 지금까지 잊히지 않고 기억나는 이유는?

_____

_____

_____

어릴 때 제일 무서웠던 것은 뭐였어요? 개, 귀신, 고양이, 경찰, 아버지, 선생님, 동네 형 등등. 이유는요?

_____

_____

친구와 싸운 적 있나요? 왜 싸웠고 어떻게 풀었어요?

_____

_____

국민학교 시절 친했던 친구들 이름이 기억나나요? 그 친구들과 어떤 계기로 친해졌나요?

_____

_____

_____

그 친구들을 다시 만나서 나누고 싶은 추억들을 이야기해 주세요.

_____

_____

_____

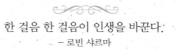

한 걸음 한 걸음이 인생을 바꾼다.
– 로빈 샤르마

3장

Boys, Be Ambitious

집안 형편은 어땠어요? 어려웠다면 어떤 점이 특히 힘들었어요?

_____

_____

_____

진학을 포기하고 생활 전선에 뛰어들었다면 어떤 각오를 다졌나요?

_____

_____

_____

_____

당신이 겪는 고난이 당신을 더 강하게 만든다.
— 프리드리히 니체

돈을 벌기 위해 처음 한 일은 무엇이었나요?

_____

_____

당시 아빠의 꿈과 소원은 무엇이었어요?

_____

_____

_____

중학교에 갔다면 입학할 때 어떤 기분이었어요?

_____

_____

처음 입어보는 교복의 느낌은 어땠어요? 교복은 어떤 모양이었는지 알고
싶어요.

_____

_____

중·고등학교 때 유행했던 머리스타일이나 패션이 기억나세요?

_____

_____

통학은 어떻게 했어요? 걸어 다녔어요, 버스 탔어요? 아니면 자전거?

_____

_____

교실 풍경 중에서 특별히 기억나는 장면은? 교실의 구조나 모습을 생각
나는 대로 이야기해 주세요.

_____

_____

_____

교문에서 선도부에게 복장이나 두발 상태 때문에 걸린 적이 있나요?

_____

_____

중·고등학교 시절 담임선생님은 어떤 분이셨어요? 혹시 별명 같은 거 있었나요?

_____

_____

라디오를 자주 들었나요? 어떤 프로그램을 주로 들었죠?

_____

_____

_____

봄·가을 소풍 때 도시락으로 어떤 먹을거리를 싸 갔나요?

_____

_____

소풍 가서는 무엇을 하며 놀았나요?

_____

_____

_____

아빠 청소년 시절 유행하던 놀이나 문화가 뭐였는지 기억나요?

국민학교 때 운동회가 있었다면, 중·고등학교 땐 어떤 체육 행사가 있었나요? 어떤 종목으로 대결을 펼쳤나요?

학창 시절 아빠는 어떤 사람이었나요? 조용한 학구파, 활발한 행동파, 천방지축 말썽꾸러기?

그 시절에 있었던 큰 사회 사건이나 뉴스 중 기억에 남는 건?

아빠에게 큰 영향을 미친 책이 있나요? 있다면 어떤 책이고 어떤 내용이
었나요? 어떤 식으로 영향을 미쳤죠?

_____

_____

청소년 시절 아빠의 꿈은 무엇이었어요? 그런 꿈을 갖게 된 계기나 이유
는요?

_____

_____

청소년 시절로 다시 돌아갈 수 있다면 제일 가보고 싶은 때는 언제죠? 왜
요?

_____

_____

_____

공부 말고 학교에서 배운 가장 중요한 건 뭐였다고 생각해요?

_____

_____

친구들과의 관계를 통해 얻은 인생 교훈은?

_____

_____

언제나 힘이 되어 주었고 지금도 보고 싶은 친구가 있다면?

_____

_____

오랜 시간이 흘러도 생각할수록 미안한 친구가 있다면? 이유는요?

_____

_____

지금 아들딸이나 손자손녀가 그 시절 나이라면 해주고 싶은 조언은 어떤
게 있을까요?

_____

_____

_____

꿈을 크게 가져라. 그리고 실천하라.
— 오프라 윈프리

그 시절엔 몰랐지만, 이제야 이해되는 선생님 말씀이 있어요?

_____

_____

_____

청소년 시절 중 가장 자랑스러웠던 순간은? 반대로, 가장 후회되거나 창피했던 순간은?

_____

_____

그 시절 아빠 자신에게 해주고 싶은 말이 있다면?

_____

_____

지금 만나고 싶은 학창시절 인물 한 명만 꼽는다면?

_____

_____

4장

아빠의 청춘

※ 20대

20대 초반엔 미래에 대해 어떤 꿈이나 계획을 가지고 있었어요?

_____

_____

고등학교 졸업 후, 바로 취업을 했어요, 군대를 갔어요? 대학에 갔어요?
아니면 다른 길을 선택했어요?

_____

_____

군대에 갔다면, 입대할 때 기분이 어땠고, 어느 부대에 배치되었나요? 군
생활은 어땠는지 이야기해 주세요.

20대 때 아빠의 헤어스타일이 알고 싶어요. 스포츠형이었나요, 단정한 상
고머리였나요, 아니면 장발이나 트위스트 김 스타일의 꼬불꼬불 파마?

당시 버스나 열차 안 풍경을 이야기해 주세요. 재떨이도 있고 담배도 피
웠다던데.

20대 시절 가장 가까웠던 친구는 누구였어요? 그 친구와 함께한 가장 인
상적인 일은?

친구들과 함께한 고민이 있다면 무엇이었죠?

_____

_____

사회 부조리에 분노하거나 무력감을 느낀 적 있어요?

_____

_____

20대 때 겪었던 사회적 사건 중 가장 기억에 남는 게 있다면?

_____

_____

힘들 때 곁에 있었던 사람은 누구였어요? 반대로, 실망했던 인간관계가
있다면?

_____

_____

_____

우리는 자신의 운명을 선택할 수 있습니다. 어떤 사람이 되고자 하는지 선택하세요.
—피터 드러커

그 시절 만난 사람 중 지금까지도 인연이 이어지는 사람이 있어요?

_____

_____

친구들이랑 자주 가던 장소는 어디였어요? 친구들을 만나면 주로 무엇을 했나요?

_____

_____

_____

친구와 함께했던 재미있는 추억 있으면 이야기해 주세요.

_____

_____

_____

어떤 음악을 좋아했어요? 자주 듣던 가수나 노래는?

_____

_____

20대 시절 인상 깊게 또는 아주 재미있게 보았던 영화는?

_____

_____

20대 시절 읽은 책 중 인생에 영향을 준 게 있다면?

_____

_____

그 시절엔 뭘 하면서 스트레스를 풀었어요?

_____

_____

다시 그 시절로 돌아간다면 꼭 하고 싶은 일 하나만 꼽는다면?

_____

_____

지금의 아빠가 20대의 아빠에게 해주고 싶은 말이 있다면?

_____

_____

20대의 아빠는 지금의 아빠에게 어떤 말을 할 것 같아요?

_____

_____

_____

그 시절의 선택 중 정말 잘했다고 생각되는 건? 반대로, 그때 하지 말았어야 했다고 후회되는 선택은?

_____

_____

_____

20대의 아빠가 상상하고 기대했던 '미래의 자신'과 지금의 아빠는 얼마나 닮았어요?

_____

_____

_____

서른 살은 아빠에게 어떤 의미였나요?

_____

_____

30대 초반 아빠는 어떤 직장에서 어떤 일을 했나요?

_____

_____

처음으로 승진했을 때 기분은 어땠어요?

_____

동료 중 특별히 고마웠던 사람은 누구였어요?

_____

출퇴근길은 어떤 풍경이었고, 어떤 생각을 하며 다녔어요?

_____

_____

일이 너무 많아 그만두고 싶던 시기가 있었어요? 그래도 끝까지 버텼던 원동력은 뭐였어요?

_____

_____

일하면서 가장 많이 배운 건 무엇이었어요?

_____

일과 가정 사이의 균형을 유지하기 위해 어떤 노력을 했나요?

_____

_____

건강관리를 위해 한 일은? 보약, 운동?

_____

_____

3, 40대 때 아빠만의 스트레스 해소법이 있었다면?

_____

당시 가장 관심을 가졌던 주제는 뭐였어요?

_____

_____

'나만 뒤처지는 것 같다'는 생각이 들었던 순간은? 그래도 끝까지 자신을 다잡을 수 있었던 힘은?

_____

_____

_____

3, 40대 시절 사회 분위기는 어땠어요? 그 시절 기억나는 사회적 사건이 있다면?

_____

_____

기술 발전 속도에 놀랐던 순간이 있었다면? 변화에 대한 두려움과 기대, 어느 쪽이 더 컸어요?

_____

_____

그 시절 친구들과는 자주 만났어요? 어디서 만났고 어떤 주제의 이야기를 했나요?

누군가에게 속 깊은 조언을 해준 적 있어요? 반대로, 조언이나 격려를 받아서 크게 위로받았던 적은?

지금도 그 시절 인연 중 연락하고 싶은 사람이 있다면 누군가요?

아빠 인생에서 3, 40대는 어떤 의미죠? 3, 40대를 한 문장으로 요약한다면?

그때 하지 못한 도전이 있다면 지금이라도 해보고 싶은가요? 어떤 도전이죠?

_____

_____

자식에게 들려주고 싶은 3, 40대의 교훈은?

_____

_____

_____

당시 가장 기억에 남는 날, 딱 하루만 꼽는다면?

_____

_____

다시 그 시절로 돌아간다면, 제일 먼저 가보고 싶은 장소는요?

_____

_____

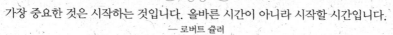

가장 중요한 것은 시작하는 것입니다. 올바른 시간이 아니라 시작할 시간입니다.
— 로버트 슐러

3. 40대 때와 비교해 50대에는 일상의 모습이 어떻게 달라졌나요?

_____

_____

사회생활에서 자신의 역할이 줄고 입지가 좁아지면서 어떤 감정이 들었나요?

_____

_____

변화된 상황 속에서 일과 삶의 균형을 어떻게 조절해 나갔나요?

_____

_____

돈보다 더 중요하다고 느껴진 게 있다면, 무엇이었나요?

_____

_____

50대 들어 '아, 이걸 미리 준비할걸' 하고 아쉬워했던 건 무언가요?

_____

_____

_____

지금 아빠 모습은 젊은 시절 아빠가 상상한 미래 모습과 어느 정도 닮았어요?

_____

_____

'이젠 정말 예전 같지 않네.' 하며 체력의 한계를 느낀 건 몇 살 때였어요? 무슨 일 때문이었죠?

_____

_____

건강을 위해 고치거나 새롭게 시작한 습관이 있다면?

_____

_____

50대 이후 인간관계는 어떻게 달라졌어요?

_____

_____

연락 끊긴 친구 중 아직도 그리운 사람이 있다면 누구죠?

_____

_____

나이 먹으면서 진정한 친구란 어떤 존재라고 느꼈어요?

_____

_____

_____

외롭거나 고민에 빠졌을 때 아빠를 진짜 이해해준 사람은 누군가요?

_____

_____

_____

새로 배우고 싶었던 것이 있었나요? 있었다면 어떤 시도를 했나요?

_____

_____

_____

50대 아빠의 마음속에 여전히 살아 있는 꿈이 있었나요?

_____

_____

_____

_____

50대에 가장 큰 고민거리는 무엇이었어요?

_____

_____

_____

끝까지 포기하지 않는 것이 성공의 비결이다.
— 토마스 에디슨

60대가 되면서 예전 같지 않음에 당황스러웠던 일이 있었나요?

_____

_____

사회적 역할과 책임에서 상대적으로 자유로워지면서 어떤 생각이 들었나요?

_____

_____

그동안 자신을 지탱해온 여러 가지 일들을 내려놓을 수밖에 없다는 상황을 어떻게 받아들였나요?

_____

_____

60대 들어 가장 많이 한 고민은요?

_____

_____

60대에 들어서면서 새롭게 다잡고 싶었던 부분은 무엇이었나요?

_____

_____

퇴직 이후 일상은 어떻게 달라졌나요? 일 없는 생활에 적응하며 가장 어려웠던 부분은요?

_____

_____

_____

지난 일을 아쉬워하면서 가장 마음 아팠던 기억이 있다면요?

_____

_____

_____

손주나 어린 세대에게 뭔가를 가르쳤던 기억이 있었나요?

_____

_____

60대에 아빠의 인생에서 이것만은 꼭 이루고 싶다고 생각하는 꿈이 있나요?

_____

_____

앞으로 남은 인생에서 가장 중요하게 생각하는 건 뭔가요?

_____

_____

_____

지금 가장 고마운 사람은 누구예요?

_____

_____

손자손녀에게 또는 후배 세대에게 젊은 시절 이것만은 꼭 하라고 해주고 싶은 말이 있다면?

_____

_____

세상이 아빠에게 준 가장 큰 선물은 무엇이라고 생각하나요?

_____

_____

아빠의 삶을 한 문장으로 정리해본다면?

_____

_____

_____

_____

🌿 추가 질문

아빠에게 가장 값진 '시간'은 언제였어요? 이유는요?

_____

_____

_____

사진첩을 넘기며 가장 오래 바라보게 되는 사진은?

_____

돌아가고 싶은 시간이 있다면 몇 살 무렵? 그때로 돌아가면 꼭 해보고 싶은 일이 있다면?

_____

_____

저에게 꼭 알려주고 싶은 인생의 지혜 한 가지는?

_____

_____

누군가 아빠의 삶을 책으로 쓴다면, 어떤 제목이 좋을까요?

_____

_____

_____

5장

사랑하였으므로 행복하였네라

누군가로 인해 처음 마음이 설렜던 적 있나요? 어떤 사람이었죠?

_____

_____

등하굣길에 자주 마주치던 여학생 중 마음에 들던 사람 없었어요?

_____

_____

마주친 장소가 어디였나요? 그녀와 함께 기억나는 풍경을 얘기해 주세요.

_____

_____

당시 아빠는 그 사람의 어떤 매력에 끌렸나요?

_____

_____

젊은 시절, 아빠에게 사랑은 어떤 의미였어요?

_____

_____

젊은 시절 이성의 어떤 모습에 매력을 느꼈나요?

_____

_____

누군가를 진심으로 좋아했던 기억이 있다면 이야기해줄 수 있어요?

_____

_____

연애 시절 가장 기억에 남는 데이트 장소는 어디였어요?

_____

_____

첫눈이 오면 무엇을 했나요? 첫눈을 같이 맞자고 약속한 사람이 있었나요?

_____

_____

처음 이별을 경험했을 때, 세상이 어떻게 보였나요?

_____

_____

아빠는 엄마를 어떻게 만났나요? 소개나 중매, 우연한 마주침, 지인의 지인 또는 자매?

_____

_____

엄마를 처음 만났을 때 첫인상은 어땠어요?

_____

_____

_____

엄마에게 처음 마음이 끌렸던 순간은 언제였나요?

_____

_____

그 시절, 사랑을 표현하는 아빠만의 방식이 있었다면?

_____

_____

첫 데이트는 어디서 무엇을 했나요?

_____

_____

_____

서로를 알아가면서 "이 사람이다"라고 확신하게 된 계기가 있었나요?

_____

_____

사랑은 결코 시간 낭비가 아닙니다. 사랑은 우리에게 힘과 희망을 줍니다.
— 알베르 카뮈

프러포즈는 어떻게 했나요? 아니면 자연스럽게 결혼하게 됐나요? 아빠의
프러포즈에 엄마의 첫 반응은?

_____

_____

배우자(엄마)를 처음 가족들에게 소개할 때 기분이 어땠어요? 가족들의
반응은?

_____

_____

배우자(엄마) 집에서 처가 식구들을 만났을 때 기분은 어땠어요? 처가 식
구들의 반응은?

_____

_____

결혼식 날, 가장 기억에 남는 장면은 무엇인가요?

_____

_____

_____

신혼 초, 둘만의 작은 세상을 만들어갈 때 느꼈던 행복은 어떤 것이었나요?

_____

_____

_____

신혼 초, 함께 살면서 새롭게 알게 된 서로의 모습이 있었다면?

_____

_____

_____

결혼 후 맨 처음 들인 가구는 무엇이었나요?

_____

_____

배우자와 함께 꾸미고 싶었던 '우리 집'은 어떤 집이었어요?

_____

_____

'진짜 가족'이 되었다고 느꼈던 첫 순간은 언제였나요?

_____

_____

두 사람만의 약속 중 지금까지도 잊지 못하는 게 있다면?

_____

_____

_____

결혼 초기를 돌아보면 저절로 미소가 지어지는 에피소드는?

_____

_____

_____

엄마와 함께한 가장 잊지 못할 하루가 있다면?

_____

_____

_____

사랑한다는 사실과 사랑했다는 사실만으로 충분하다. 더 이상 묻지도 따지지도 마라.

—빅토르 위고

살아가면서 서로에게 가장 고마웠던 일은 무엇이었나요?

_____

_____

엄마와 함께여서 버틸 수 있었던 힘든 시기가 있었나요? 힘들었던 시기
를 함께 지나오며 부부로서 더 단단해졌다고 느낀 일은?

_____

_____

_____

아이들이 태어나면서 서로에게 생긴 새로운 책임감은 어떤 것이었나요?

_____

_____

결혼 생활 중 가장 크게 다툰 건 언제였어요? 무엇 때문이었나요?

_____

_____

_____

갈등이 깊어졌을 때, 먼저 손 내민 건 누구였나요?

_____

_____

나이를 먹어가면서 부부 사이에 변화가 생겼던 시점이 있었다면?

_____

_____

오랜 세월을 함께 보내며 가장 소중해진 것은 무엇인가요?

_____

_____

아프거나 지칠 때 가장 크게 의지가 되었던 순간은?

_____

_____

서로 많이 닮아갔다고 느끼는 부분이 있다면?

_____

_____

만약 다시 젊어질 수 있다면, 엄마와 꼭 하고 싶은 일은 무엇인가요?

_____

_____

엄마에게 꼭 남기고 싶은 한 문장이 있다면?

_____

_____

_____

우리가 누군가를 사랑할 때, 우리는 더 나은 사람이 된다.
— 톨스토이

6장

아빠의 아버지, 그리고 어머니

아버지 하면 어떤 모습이 가장 먼저 떠오르나요?

_____

_____

아빠의 아버지는 어떤 일을 하셨어요?

_____

_____

성격은 어땠어요?

_____

_____

얼굴이나 키, 옷차림 같은 거 기억나는 대로 말해 주세요.

_____

_____

어렸을 때 어머니는 어떤 분이셨어요?

_____

_____

성격은 어땠어요?

_____

_____

얼굴이나 키, 머리 모양, 옷차림 같은 거 기억나는 대로 말해 주세요.

_____

_____

_____

두 분 중 더 무서웠던 분이 있었나요?

_____

_____

기억나는 가장 따뜻했던 어머니의 모습은 어떤 게 있을까요?

_____

_____

_____

아버지에게 가장 많이 들었던 말은 무엇이었나요?

_____

_____

어머니와 아버지의 사이는 어땠나요?

_____

_____

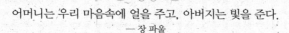

어머니는 우리 마음속에 얼을 주고, 아버지는 빛을 준다.
— 장 파울

부모님이 함께 웃던 모습을 본 기억이 있나요? 있다면 어떨 때였나요?

_____

_____

_____

부모님이 서로에게 해줬던 따뜻한 말이나 행동을 기억하나요?

_____

_____

_____

부모님이 함께 힘든 시절을 이겨내는 걸 보며 어떤 생각을 했나요?

_____

_____

집안에서 아버지와 어머니의 역할은 어떻게 나뉘어 있었나요?

_____

_____

어릴 적 부모님과 함께한 행복했던 순간을 이야기해 주세요.

_____

_____

_____

어릴 때 아버지에게 칭찬받았던 기억이 있나요?

_____

_____

_____

어머니에게 혼났던 일 중 가장 기억에 남는 건 뭔가요?

_____

_____

부모님이 꾸짖을 때 가장 중요하게 여겼던 가치는 무엇이었나요?

_____

_____

부모님을 닮고 싶다고 생각했던 점이 있었나요?

_____

_____

반대로 부모님과 다르게 살고 싶다고 느꼈던 순간이 있었나요?

_____

_____

부모님의 사랑을 가장 진하게 느꼈던 기억이 있어요? 언제였나요?

_____

_____

속마음을 가장 많이 털어놨던 쪽은 아버지였나요, 어머니였나요?

_____

_____

어릴 때 부모님께 해드리고 싶었던 게 있었나요?

_____

_____

_____

부모님은 아빠에게 어떤 걸 기대했나요?

_____

_____

부모님이 기대한 아빠의 장래 직업은 무엇이었나요?

_____

_____

부모님이 해주셨던 조언 중 지금까지도 기억나는 게 있나요?

_____

_____

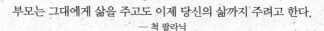

부모는 그대에게 삶을 주고도 이제 당신의 삶까지 주려고 한다.
— 척 팔라닉

부모님께 제대로 표현하지 못해 아쉬웠던 감정이 있었나요?

_____

_____

지금 돌아보면, 부모님께 가장 감사한 부분은 무엇인가요?

_____

사춘기 때 부모님과 갈등이 있었다면 무슨 일 때문이었죠?

_____

_____

_____

나이를 들어가는 부모님을 보면서 어떤 마음이 들었나요?

_____

_____

성인이 된 후 부모님과 나누었던 가장 깊은 대화 주제는 무엇이었나요?

_____

_____

결혼하거나 독립하고 나서 부모님을 다시 보게 된 부분이 있었나요?

_____

_____

부모님을 이해하게 된 특별한 계기가 있었어요?

_____

_____

부모님에게 못 다한 말이나 마음이 있다면 무엇인가요?

_____

_____

_____

부모님께 꼭 해드리고 싶었는데 그러지 못했던 것이 있다면?

_____

_____

아버지로서 부모님을 닮고 싶었던 부분은 있었나요?

_____

_____

부모님께 배운 사랑이나 가족에 대한 가치가 있다면?

_____

_____

부모님이 지금의 아빠를 본다면 어떤 말을 해줄 것 같아요?

_____

_____

_____

부모의 사랑은 내려갈 뿐이고 올라오는 법이 없다.
— C. A. 엘베시우스

7장

아빠의 형, 그리고 동생

어릴 때 가장 가까웠던 형제자매는 누구였어요?

_____

_____

함께 놀던 기억 중 가장 선명한 장면은 어떤 거예요?

_____

_____

어릴 때 형제자매들과 자주 했던 놀이나 장난이 있었나요?

_____

_____

싸우기도 많이 했나요? 가장 크게 다퉜던 일은 기억나세요?

_____

_____

_____

형제자매와 함께 꾸었던 비밀스런 꿈이나 계획이 있었나요?

_____

_____

아빠가 어릴 때 형제자매 사이에서 맡았던 '역할'은 뭐였어요? (예: 장난꾸러기, 조용한 아이 등)

_____

_____

부모님 몰래 형제자매끼리 나눈 특별한 추억이 있다면요?

_____

_____

_____

어린 시절, 형제자매 중 누가 가장 웃겼나요?

_____

_____

가장 평화로웠던 형제자매끼리의 순간을 떠올린다면?

_____

_____

_____

형제자매들과 성격이나 관심사가 어떻게 달랐나요?

_____

_____

_____

사춘기 때 형제자매와 거리감이 생긴 적이 있었나요?

_____

_____

어려운 시절, 형제자매가 서로를 위해 했던 일은 있었나요?

_____

_____

학창 시절, 형제자매 중 가장 자랑스러웠던 사람이 있었다면요?

_____

_____

형제자매가 아빠에게 해준 말 중 가장 기억에 남는 건 뭐예요?

_____

_____

서로 가장 든든하게 느껴졌던 순간은 언제였나요?

_____

_____

_____

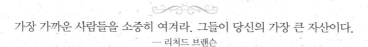

가장 가까운 사람들을 소중히 여겨라. 그들이 당신의 가장 큰 자산이다.
— 리처드 브랜슨

아빠가 가장 의젓하게 느낀 형제자매는 누구였어요?

_____

_____

형제자매 중 누군가 아빠의 고민을 알아채고 먼저 다가와줬던 적이 있었나요?

_____

_____

성장하면서 형제자매와의 관계가 달라졌다고 느낀 순간은?

_____

_____

성인이 되어 각자 독립하면서 느꼈던 변화는 어땠어요?

_____

_____

_____

결혼하고 나서 형제자매와 관계가 어떻게 달라졌나요?

_____

_____

_____

멀리 떨어져 살면서도 이어진 특별한 인연이 있었나요?

_____

_____

_____

가족 행사나 모임에서 형제자매끼리 가장 크게 웃었던 순간은?

_____

_____

_____

힘든 시기에 형제자매 중 누군가 큰 힘이 되어준 기억이 있나요?

_____

_____

_____

형제자매와 함께했던 특별한 여행이나 약속이 있었나요?

_____

_____

가끔 형제자매를 보며 '닮았다'고 느끼는 부분이 있나요?

_____

_____

형제자매와 함께 나누었던 가장 소중한 물건이나 장소가 있다면?

_____

_____

_____

성인이 된 후 오히려 더 가까워진 형제자매가 있나요?

_____

_____

가족들이 서로 맺어져 하나가 되어 있다는 것이 정말 이 세상에서의 유일한 행복이다.
— 퀴리 부인

시간이 흐르면서 형제자매에 대한 마음이 가장 따뜻해진 순간은?

_____

_____

형제자매와 사이가 멀어졌던 때가 있었나요?

_____

_____

_____

갈등이 생겼을 때 먼저 손 내밀었던 쪽은 누구였나요?

_____

_____

시간이 지나고 나서야 이해하게 된 형제자매의 마음이 있다면?

_____

_____

_____

서로에게 용서를 구하거나 받아들였던 기억이 있나요?

_____

_____

형제자매와의 갈등을 통해 배운 것이 있다면요?

_____

_____

가끔 어릴 적 싸움이 웃음거리로 바뀌었던 적이 있나요?

_____

_____

가장 늦게까지 미안했다고 생각했던 말이나 행동이 있었나요?

_____

_____

_____

형제자매 관계에서 가장 소중하다고 느낀 것은 무엇인가요?

_____

_____

지금 가장 자주 생각나는 형제자매는 누구인가요?

_____

_____

형제자매를 떠올릴 때 마음이 가장 따뜻해지는 순간은?

_____

_____

함께 나이 들어가는 형제자매를 보며 어떤 생각이 드나요?

_____

_____

지금도 형제자매와 함께하고 싶은 소박한 바람이 있다면?

_____

_____

형제자매와 나눈 가장 긴 통화나 대화는 어떤 내용이었나요?

_____

_____

형제자매에게 고마워서 꼭 한 번 전하고 싶은 말이 있다면?

_____

_____

형제자매가 아빠 인생에 남긴 가장 큰 흔적은 무엇인가요?

_____

_____

형제자매와 함께 만들어가고 싶은 앞으로의 추억이 있다면?

_____

_____

형제자매 중 누군가 아빠를 이해해주어 행복했던 기억이 있나요?

_____

_____

마지막으로, 형제자매들에게 남기고 싶은 한마디는 무엇인가요?

_____

_____

_____

이 세상에 태어나 우리가 경험하는 가장 멋진 일은 가족의 사랑을 배우는 것이다.
— 조지 맥도날드

8장

아빠의 아들과 딸

첫 아이가 태어났을 때 어떤 감정이었어요?

_____

_____

부모가 된다는 건 아빠에게 어떤 의미였나요?

_____

_____

아빠가 처음 나를 품에 안았을 때 어떤 생각이 들었어요?

_____

_____

육아하면서 가장 힘들었던 순간은 언제였어요?

_____

_____

'아버지' 라는 이름을 처음 받아들였을 때 마음이 어땠나요?

_____

_____

_____

아이를 키우며 가장 행복했던 기억은 무엇이었어요?

_____

_____

_____

아이를 키우면서 스스로 더 단단해졌다고 느꼈던 순간이 있다면?

_____

_____

가족을 지키기 위해 스스로와 타협하거나 싸워야 했던 일이 있었나요?

_____

_____

_____

부모가 되어서야 비로소 이해하게 된 부모님의 마음은?

_____

_____

_____

저에게 해주고 싶었던 말 중 미처 못한 말이 있다면?

_____

_____

_____

자녀 교육에 대해 가장 고민했던 때는 언제였나요?

_____

_____

_____

한 사람의 아버지가 백 사람의 선생보다 낫다.
—조지 허버트

아이가 아플 때 가장 힘들었던 기억은 무엇인가요?

_____

_____

_____

저를 키우면서 스스로 가장 크게 변했다고 느낀 점은?

_____

_____

_____

가족을 위해서 겪은 어려움 중 제가 모르는 게 있다면 이야기해 주세요.

_____

_____

아이들에게 어떤 부모가 되고 싶었나요?

_____

_____

아이들이 자라면서 가족의 모습이 어떻게 달라졌다고 느꼈나요?

_____

_____

_____

가족이 함께한 모임 중 기억할 때마다 마음이 따뜻해지는 순간이 있다면?

_____

_____

_____

가족과 함께한 여행 중에 특별히 기억에 남는 여행이 있다면?

_____

_____

_____

평범했던 일상이었는데 나중에 보석처럼 느껴진 순간이 있다면?

_____

_____

_____

해주고 싶었지만 하지 못해 아쉬웠던 일이 있나요?

_____

_____

가족 간에 갈등이 생겼을 때 아빠의 심정은 어땠나요? 또 어떻게 해결하려 했나요?

_____

_____

_____

가족을 위해 한 가장 큰 결심은? 또 힘들게 포기했던 일은?

_____

_____

절실하게 가족을 위해 기도했던 순간이 있었나요?

_____

_____

우리는 부모가 되었을 때 비로소 부모가 베푸는 사랑의 고마움이
어떤 것인지 절실하게 깨달을 수 있다.
— 헨리 워드 비처

가족 간에 이해하고, 또 용서하며 얻은 깨달음이 있다면?

_____

_____

더 표현했어야 했다고 느끼는 감정이 있다면 무엇인가요?

_____

_____

나이가 들어갈수록 '가족'이라는 존재가 더 특별해진 이유는?

_____

_____

어른이 되어가는 자식을 보면서 어떤 생각을 했나요?

_____

_____

_____

자식이 독립하거나 결혼하여 분가를 할 때 어떤 생각이 들었어요?

_____

_____

자식과의 갈등으로 가장 힘들었던 때는 언제였어요?

_____

_____

자식에게 처음 약한 모습을 보인 순간은? 그때 심정은 어땠어요?

_____

_____

이 세상 누구보다 '내 편'이 되어준 가족에게 해주고 싶은 말이 있다면?

_____

_____

아버지의 마음은 아이들과 함께 자란다.
— 장 바실 베즈루드노

9장

아빠로 불리게 된 이후

아빠는 언제 처음 '한 집안의 가장이 되었다' 는 걸 실감했어요?

_____

_____

_____

_____

가족을 책임지게 되면서 가장 먼저 들었던 감정은 무엇이었어요?

_____

_____

_____

누군가를 사랑한다는 것은 그 사람의 성장을 돕는 것이다.
— 에리히 프롬

아빠가 되고 첫 월급을 받았을 때, 가장 먼저 하고 싶었던 일은 뭐였나요?

_____

_____

_____

젊은 가장으로서 스스로에게 가장 엄격했던 부분은 무엇이었나요?

_____

_____

그때 아빠를 가장 크게 지탱해준 말이나 기억은 무엇이었어요?

_____

_____

_____

아빠가 스스로 세운 '가장으로서의 첫 번째 약속'이 있었다면요?

_____

_____

_____

가장으로서의 책임감을 처음 크게 느낀 사건이 있었다면?

_____

_____

_____

일주일을 통틀어 가족과 보내는 시간은 어느 정도 됐어요? 주말은 주로 어떻게 보냈어요?

_____

_____

_____

아이들 어린 시절에서 가장 기억에 남는 장면은?

_____

_____

_____

아버지로서 가장 뿌듯했던 순간은? 반대로, 가장 미안했던 기억은?

_____

_____

가족과 일이 충돌했을 때, 어떤 걸 선택했어요?

_____

_____

3, 40대 때 가장 돈 걱정을 많이 했던 순간은?

_____

_____

_____

돈이나 일보다 심리적으로 가장 버거웠던 순간은 어떤 때였어요?

_____

_____

당시 월급으로 생활이 충분했어요? 생활비에서 가장 부담이 되었던 부분은?

_____

_____

_____

가장 큰 금액을 지출한 사건은 뭐였어요?

_____

_____

가정을 지키기 위해 포기해야 했던 게 있었나요?

_____

_____

아버지로서 '내가 더 강해져야겠다' 고 느꼈던 일은 무엇이었나요?

_____

_____

_____

가족을 위해 내린 가장 큰 결단은 뭐였어요?

_____

_____

_____

자식은 부모에게 가장 큰 기쁨이자, 때로는 가장 큰 걱정이다.
— 셰익스피어

일 때문에 가족과 보내지 못한 시간이 아쉬웠던 적이 있었나요?

_____

_____

가끔 버겁고 지칠 때, 어떤 마음으로 다시 일어섰나요?

_____

_____

_____

'좋은 아버지' 가 되기 위해 스스로에게 요구했던 것은 무엇이었어요?

_____

_____

자식들에게 어떤 모습의 아버지로 기억되고 싶었나요?

_____

_____

_____

아버지로서 가장 무거웠던 책임감은 어떤 것이었나요?

_____

_____

성장하는 자식을 보면서 아버지로서 어떤 걸 느꼈나요?

_____

_____

가족이 겪은 큰 위기나 시련을 어떻게 극복했나요?

_____

_____

힘들 때마다 되뇌었던 스스로를 위한 응원의 말이 있다면요?

_____

_____

가족에게 숨기고 견뎌야 했던 아버지로서의 슬픔이 있었나요?

_____

_____

아버지로서 살아온 세월 중 가장 자랑스러운 일은 무엇인가요?

_____

_____

지금 돌아보면, 아버지로서 가장 후회되는 일은 무엇인가요?

_____

_____

가족이 아빠에게 준 가장 큰 선물은 무엇이라 생각하세요?

_____

_____

아버지라는 이름으로 가장 버거운 시간을 보내는 과거의 자신에게 한마디 해준다면?

_____

_____

_____

자식은 부모의 마음을 담은 씨앗이고, 그들이 자라면서
부모의 인생을 더욱 풍요롭게 한다.
— 조지 워싱턴

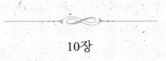

10장

Bravo, My Life!

아빠 인생에서 가장 빛나던 순간은 언제였는지 이야기해 주세요.

_____

_____

_____

_____

자신이 가장 자랑스러웠던 때는 언제였나요?

_____

_____

_____

_____

누구에게도 지지 않을 만큼 열정적으로 살았던 시절이 있었다면 언제였는지요?

_____

_____

_____

_____

그 시절 당신은 어떤 사람이었나요?

_____

_____

_____

_____

주변 사람들이 아빠를 어떻게 바라보았다고 생각하세요?

_____

_____

_____

그 시절 아빠에게 가장 큰 기쁨을 준 일은 무엇이었나요?

_____

_____

_____

_____

그 시절엔 어떤 꿈을 품고 계셨나요?

_____

_____

_____

_____

지금 생각해도 '참 멋졌다' 싶은 순간이 있다면요?

_____

_____

_____

_____

행복은 멀리 있는 것이 아니라, 바로 지금 이 순간에 있다.
— 탈무드

아빠 인생에서 가장 큰 도전이 무엇이었는지 이야기해 주세요.

_____

_____

_____

그 도전을 시작하게 된 계기는 무엇이었나요?

_____

_____

_____

실패했다고 느낀 순간, 어떤 감정이 드셨나요?

_____

_____

그 실패에서 무엇을 배웠나요?

_____

_____

_____

다시 일어나기까지 얼마나 걸렸고, 어떻게 일어나셨나요?

_____

_____

_____

포기하고 싶었던 적이 있었나요?

_____

_____

_____

그때 마음을 붙잡아준 건 무엇이었나요?

_____

_____

_____

스스로에게 어떤 말을 하며 버텼는지 기억나시나요?

_____

_____

_____

그 과정을 지나 지금 돌아보면 어떤 생각이 드시나요?

_____

_____

엄마와의 첫 만남은 어땠나요?

_____

_____

_____

엄마의 어떤 점에 끌리셨나요?

_____

_____

_____

결혼을 결심하게 된 결정적인 계기는 무엇이었나요?

_____

_____

_____

부부로 살아가며 가장 좋았던 순간은 언제였나요?

_____

_____

_____

함께한 세월 중 가장 기억에 남는 하루는요?

_____

_____

_____

싸움도 있었을 텐데, 어떻게 풀어나가셨어요?

_____

_____

_____

가장 아내에게 고마웠던 순간은 언제였나요?

_____

_____

_____

가장 미안했던 일은 무엇인지요?

_____

_____

함께 살아온 세월을 한 문장으로 말한다면요?

_____

_____

자식을 처음 안았을 때 어떤 마음이 드셨나요?

_____

_____

_____

자식들이 자라는 모습을 보며 어떤 생각을 많이 하셨나요?

_____

_____

_____

위대한 일은 한순간에 이루어지지 않는다. 작은 것부터 시작하라.
— 존 우든

가장 기억에 남는 가족여행은 언제였나요?

_____

_____

_____

아이들과 보낸 일상 중 가장 따뜻했던 순간은요?

_____

_____

_____

자식에게 직접 말은 못 했지만 늘 마음속으로 했던 말이 있다면요?

_____

_____

가장 가슴 아팠던 순간은 언제였나요?

_____

_____

_____

자식에게 가장 감동했던 기억이 있다면요?

_____

_____

부모로서 '잘했다' 싶은 순간은요?

_____

_____

_____

'좀 더 이렇게 해줄걸' 하고 아쉬웠던 건요?

_____

_____

지금 자식들에게 하고 싶은 말이 있다면요?

_____

_____

_____

_____

가장으로서 가장 힘들었던 시기는 언제였나요?

_____

_____

_____

그 시절 생계를 위해 어떤 일을 하셨나요?

_____

_____

_____

아무도 몰랐던 고생 이야기가 있다면요?

_____

_____

_____

가족을 위해 내려놓은 꿈이나 취미가 있다면요?

_____

_____

_____

돈보다 더 지키고 싶었던 가치가 있었다면요?

_____

_____

_____

'내가 가장이다' 라는 자부심을 느낀 때는요?

_____

_____

_____

당신의 가치는 당신이 만드는 것이다.
— 브렌 브라운

아버지로서, 남편으로서 가장 잘한 선택은 무엇이라 생각하세요?

_____

_____

지쳐도 버틸 수 있었던 힘은 무엇이었나요?

_____

_____

_____

그 시절 자신에게 해주고 싶은 위로의 말은 무엇인가요?

_____

_____

_____

어릴 적 꿈은 무엇이었나요?

_____

_____

_____

그 꿈을 이루기 위해 어떤 노력을 하셨나요?

_____

_____

결국 이루지 못한 꿈이 있다면, 어떤 감정이 드시나요?

_____

_____

이루지 못한 대신 얻은 것이 있다면요?

_____

_____

꿈을 이루었다면 어떤 방식으로 이뤘는지 이야기해 주세요.

_____

_____

_____

삶이 꿈과 다르게 흘러갔을 때, 어떤 생각을 하셨나요?

_____

_____

_____

후회되는 선택이 있다면요?

_____

_____

_____

반대로 '그 선택 덕분에 지금이 있다' 싶은 일은요?

_____

_____

_____

꿈이 아니더라도 마음을 다했던 일이 있다면요?

_____

_____

지금 다시 젊어진다면 도전해보고 싶은 게 있나요?

_____

_____

_____

인생을 한 편의 드라마로 비유한다면 어떤 장르일까요?

_____

_____

살아오며 가장 많이 배운 교훈은 무엇인가요?

_____

_____

삶에서 가장 중요하다고 느낀 가치는 무엇인가요?

_____

_____

_____

가장 후회 없는 결정은 무엇인가요?

_____

_____

_____

가장 뿌듯한 인생의 성과는 무엇인가요?

_____

_____

_____

'이건 내 인생에서 정말 잘한 일이다' 싶은 건요?

_____

_____

_____

'그때 그렇게 안 했으면 어땠을까' 싶은 순간은요?

_____

_____

_____

인생의 전환점이 된 사건은 무엇이었나요?

_____

_____

나이가 들수록 더 소중해진 것들은 무엇인가요?

_____

_____

인생을 다시 산다면 어떤 부분만큼은 똑같이 살고 싶으신가요?

_____

_____

_____

지난 세월을 돌아보면 어떤 감정이 드시나요?

_____

_____

_____

자신에게 칭찬하고 싶은 점은 무엇인가요?

_____

_____

가장 힘들었던 시절을 견딘 나에게 어떤 말을 해주고 싶나요?

_____

_____

_____

외로웠던 순간을 이겨낸 자신을 어떻게 기억하고 계신가요?

_____

_____

_____

삶의 고비마다 어떤 태도로 버텼나요?

_____

_____

삶의 끝에서 '참 잘 살았다' 고 말할 수 있는 이유는요?

_____

_____

지금 이 나이에, 가장 고마운 것은 무엇인가요?

_____

_____

자식이나 손주에게 꼭 전하고 싶은 인생의 지혜가 있다면요?

_____

_____

'내가 살아보니 이건 꼭 명심해야 하겠더라' 싶은 게 있다면요?

_____

_____

실패를 두려워하는 이들에게 해주고 싶은 말은요?

_____

_____

가족의 의미에 대해 가장 깊이 느낀 순간은요?

_____

_____

삶을 버티는 힘은 어디에서 오나요?

_____

_____

시간이 지나야 비로소 알게 된 진실은요?

_____

_____

스스로를 사랑하게 된 계기가 있다면요?

_____

_____

"내 인생을 닮았으면" 싶은 부분이 있다면요?

_____

_____

결국 인생에서 제일 중요한 건 무엇이라고 생각하시나요?

_____

_____

_____

당신의 인생에 제목을 붙인다면 어떤 이름을 붙이시겠어요?

_____

_____

_____

지금까지 삶을 함께해 준 사람들에게 전하고 싶은 말은요?

_____

_____

_____

당신의 인생에서 가장 따뜻한 장면은 어떤 모습인가요?

_____

_____

자신이 살아온 길을 남이 본다면 어떤 메시지를 줄 수 있을까요?

_____

_____

지금까지의 인생에 점수를 매긴다면 몇 점인가요?

_____

_____

마지막으로 스스로에게 하고 싶은 한마디가 있다면요?

_____

_____

_____

_____